O BRASIL QUE VEIO DA ÁFRICA

Arlene Holanda

O BRASIL QUE VEIO DA ÁFRICA

Ilustrações:
Maurício Veneza

NOVALEXANDRIA
2ª edição - 2023 - São Paulo

© *Copyright*, 2011, Arlene Holanda

Todos os direitos reservados.
Editora Nova Alexandria
Rua Engenheiro Sampaio Coelho, 111
04261-080 São Paulo SP
Fone/fax: (11) 2215-6252
E-mail: vendas@novaalexandria.com.br
Site: www.editoranovaalexandria.com.br

Preparação de originais: Marco Haurélio

Editor: Marco Haurélio

Revisão: Thiago Lins e Juliana Messias

Capa: Viviane Santos sobre ilustração de Maurício Veneza

Editoração Eletrônica: Viviane Santos

Ilustrações: Maurício Veneza

DADOS PARA CATALOGAÇÃO

Holanda, Arlene
   O Brasil que veio da África / Arlene Holanda. / ilustrações de Maurício Veneza
   - São Paulo : Nova Alexandria, 2023.
   56 p. : il.

ISBN: 978-85-7492- 227-0

1. Romance juvenil – Ficção: história e cultura africana no Brasil. 2. Literatura juvenil brasileira.
I. Título. II. Série.

CDD: 869.3B

Índice para catalogação sistemático
027 - Bibliotecas gerais
027.7 - Bibliotecas universitárias
028 - Leitura. Meios de difusão da informação

Em conformidade com a nova ortografia.

Nenhuma parte deste livro pode ser reproduzida sem a autorização expressa da Editora.

SUMÁRIO

O escravo do escravo Jubo Juboga	07
Campo Grande da Liberdade	19
Senhora Negra Sinhá	29
A grande batalha	39
De cá e de lá: Realezas, Santos e Orixás	45
Glossário	48
Texto complementar	52
Obras consultadas	56

Para Ela, a que bate tambores, sussura presságios, empunha a espada da liberdade, explode em vida, cores...

Arlene Holanda

O ESCRAVO DO ESCRAVO JUBO JUBOGA

Jubo Juboga governava as terras de Motubu, que ficavam no grande reino do Congo, no continente africano. Eram terras boas, onde abundavam árvores, frutos e caças. No grande rio, que dava nome ao reino, a pesca era farta. Os súditos de Jubo viviam sossegados: plantavam suas roças, cuidavam de suas vacas, honravam seus deuses e antepassados.

Jubo se considerava um bom rei: procurava agir com justiça, era preocupado com o bem-estar do seu povo, comandava, ele mesmo, as empreitadas mais difíceis: caçar leões que ameaçavam a aldeia, encontrar comida e água em tempos de seca, quando a chuva teimava em não molhar o chão e os ventos do deserto sopravam ameaçadores.

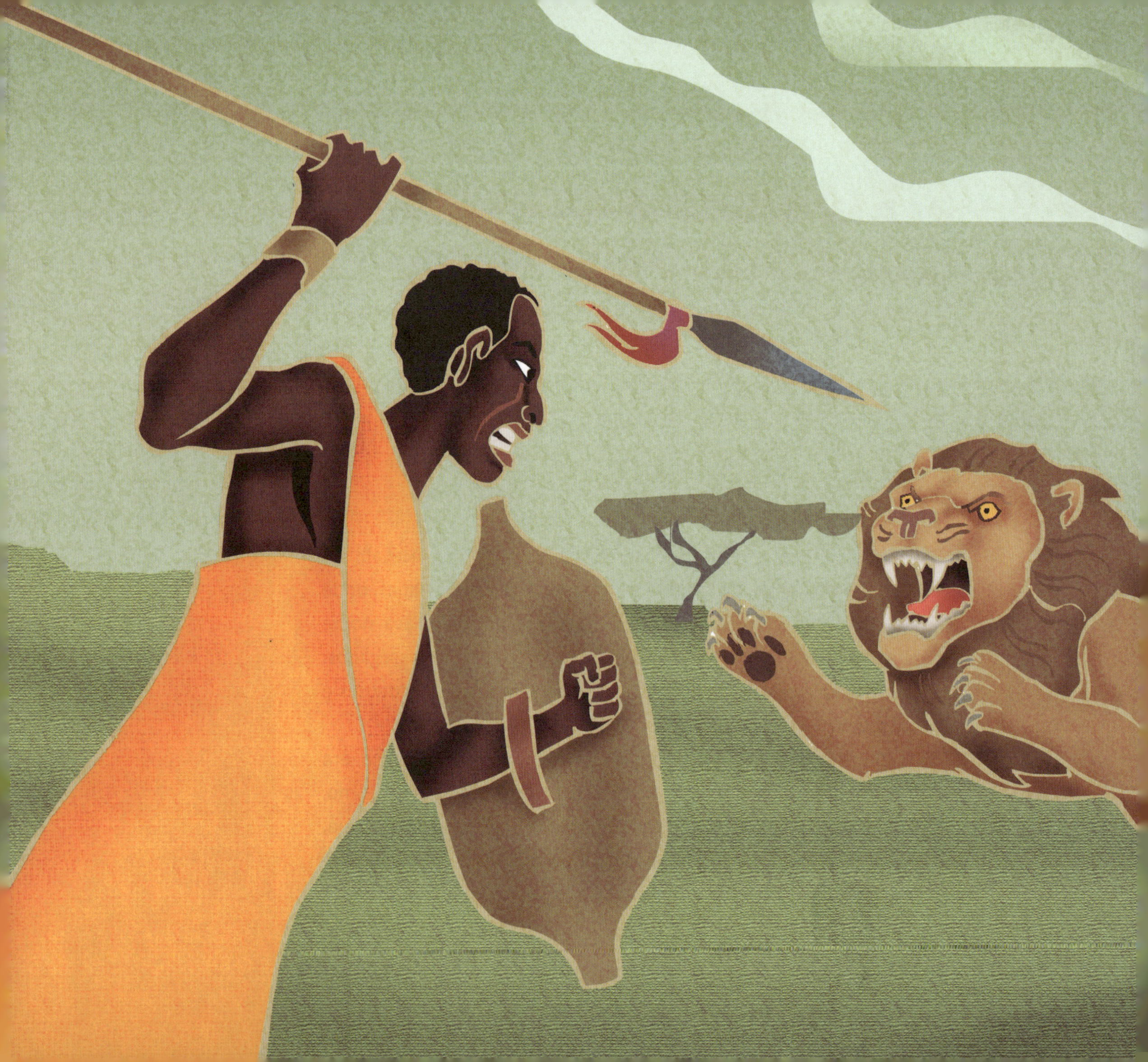

Mas esses tempos haviam terminado e o coração de Jubo não conhecera mais sossego. Homens vindos de longe plantaram ali sementes da guerra. Os reinos africanos, que vez por outra já faziam guerra entre si, passaram a se digladiar amiúde com a finalidade de fazer escravos, trocados com estrangeiros brancos por mercadorias como tecidos, utensílios de ferro, pano, aguardente, cavalos e armas para fazer mais guerras. Uma vez aprisionados, os vencidos eram levados em navios, para serem vendidos em lugares desconhecidos por Jubo, do outro lado do oceano.

Como quase todos os reis africanos de sua época, Jubo tinha escravos. Era assim desde o tempo do seu pai, avô, bisavô, tataravô e assim por diante. Ser escravo no reino de Jubo, assim como em outros reinos africanos, significava não pertencer à comunidade, não ser parente de ninguém. Alguns escravos do reino de Jubo eram estranhos vindos de outras terras. Zimba era um deles. Seus pais haviam sido capturados e levados para terras longínquas, quando ele ainda era criança. Guardava deles poucas e felizes lembranças. Desde então, perambulara de aldeia em aldeia, e, por fim, parara ali, no reino de Jubo. O jovem não tinha ideia de onde ficavam essas terras. Só sabia serem muito longe, do outro lado do mar. Desconfiava que não era um bom lugar, pois se compravam pessoas para escravizar... É certo que ali ele vivia como escravo, mas estava em seu lugar. E, ademais, Jubo não era um mau senhor: as tarefas de Zimba eram conduzir as vacas ao pasto, pastoreá-las e tirar o leite. Sobrava-lhe até tempo para participar de passatempos, esportes e brincadeiras com os jovens da sua idade. Zimba gostava de praticar um jogo de defesa que era também uma dança, tocar tambor nas cerimônias dedicadas aos espíritos guardiões e participar com os amigos de caçadas.

A diferença entre Zimba e os jovens que não eram escravos era que ele não tinha direitos: perdia as lanças que fabricara com capricho, se algum nobre preguiçoso as desejasse. Era obrigado a não vencer nos jogos disputados com rapazes da família real e não podia cortejar Siloé, a moça bonita que também o queria com o olhar. Zimba se entristecia com isso e também pelos seus pais, que estavam em algum lugar do outro lado do oceano. Por isso, havia muito desejava ser aprisionado e vendido aos mercadores de escravos. Mas ainda não tinha tido sorte, se é que isso podia ser chamado de sorte.

Um dia, aconteceu o já esperado e temido por Jubo: os mercadores de escravos formaram uma aliança com um reino inimigo e um numeroso bando de guerreiros atacou Motubo. Zimba e muitos outros foram feitos prisioneiros, acorrentados e conduzidos para uma feitoria localizada no cais do porto. De lá partiriam em navios, para serem vendidos como escravos. Viajaram em um porão escuro, com direito a um quase nada de água e comida. Muitos nem chegaram lá, morreram no caminho devido à fome e aos maus-tratos.

Zimba sobreviveu e soube que chegara a um lugar chamado Brasil, que diziam ser tão grande como o grande reino do Congo. Foi levado, junto com os outros, para uma espécie de mercado, com a diferença que, em vez de frutas, carnes e peixes, lá se vendiam pessoas.

Um homem examinou Zimba e duas mulheres ainda jovens e foi ter com o escrivão, a quem pagou um punhado de moedas. Depois de feitas anotações em um livro, saiu conduzindo os três.

Em poucos anos, Zimba fora comprado e vendido muitas vezes. O moço, que nunca deixou se apagar a chama da liberdade, tinha no corpo as marcas das tentativas de fuga. Essas feridas sempre lhe doíam, lembrando-lhe de que era preciso continuar. Tão logo os donos de Zimba sabiam de suas muitas fugas, tratavam de passá-lo adiante, para que não pudesse contaminar os outros, com esse seu sonho de voar.

Certa feita, Zimba foi vendido para um fazendeiro, que costumava se gabar: escravo algum havia fugido de lá. Ao chegar, como sempre fazia, foi procurar por seus pais na senzala. Um a um, olhou para os rostos cansados e sem esperança das pessoas que ocupavam a senzala. Alguns deviam ter a idade de seu pai e sua mãe hoje, outros eram jovens, crianças. Todos carregavam marcas de castigos no corpo e na alma.

Quando Zimba chegou ao fundo da senzala, viu uma figura que atraiu sua atenção: um homem com o rosto coberto com os braços, como se sentisse dor e vergonha. Por curiosidade, tocou-lhe o ombro com a intenção de ver seu rosto, mesmo sabendo que, pela aparência jovem, não teria chances de ser o seu pai. Para sua surpresa, era o rei de Motubu, Jubo Juboga. Zimba e o rei se reconheceram. O rapaz lhe fez uma reverência, como era costume em seu lugar. O rei, agora escravo, esboçou um sorriso triste, de quem não sorria havia muito tempo. Depois pareceu se alegrar. Rever alguém vindo de Motubo era

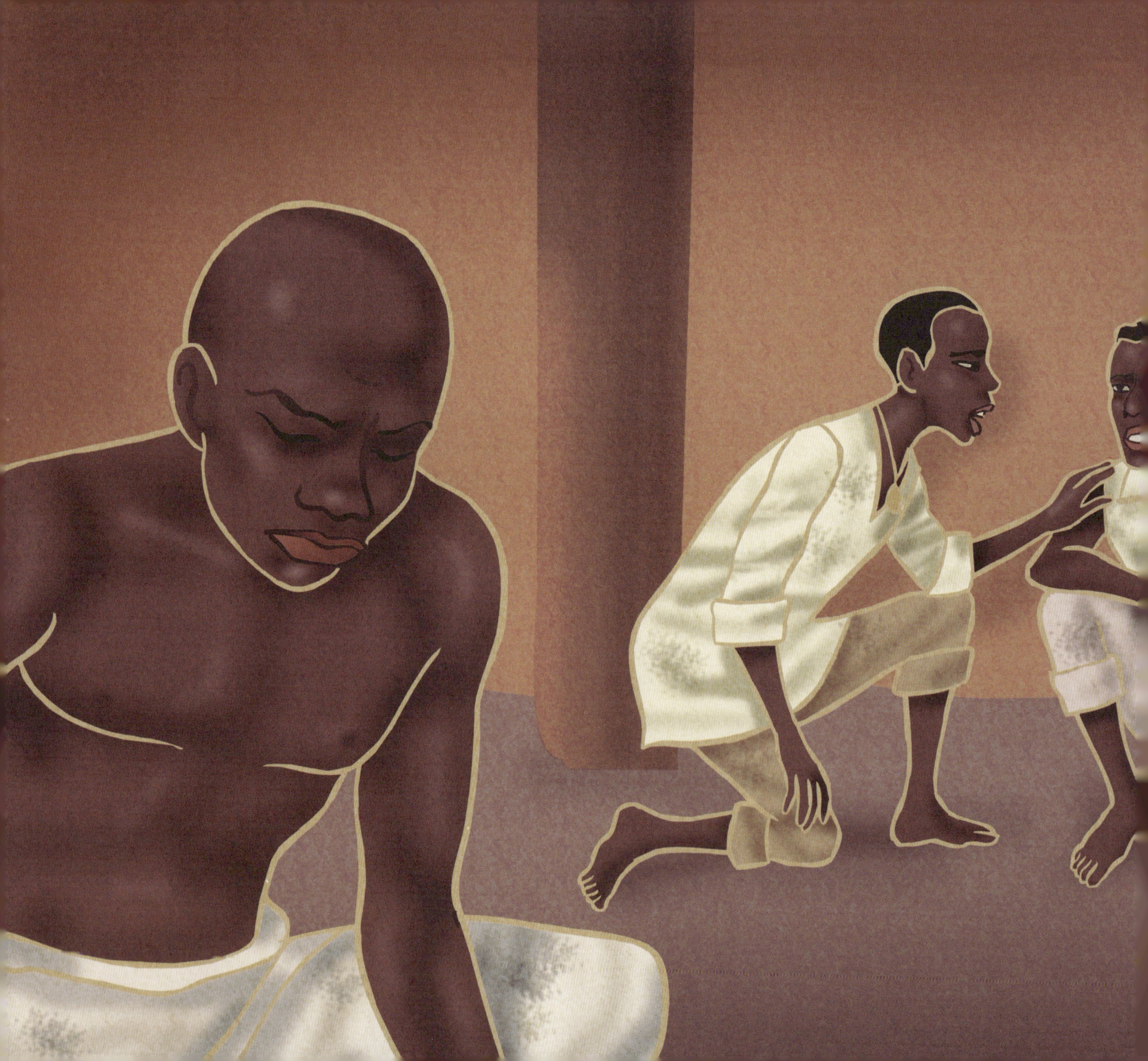

como se o cheiro da chuva, da floresta, do gado, da chaminé das casas invadisse o seu cérebro pintando paisagens quase reais. Não estava mais tão sozinho, como até então se sentira ali.

Zimba achegou-se perto de Jubo e os dois relataram um ao outro o que lhes acontecera em Motubu, a terrível viagem de navio e como tinham vivido até agora. Zimba tinha bem mais histórias pra contar: sobre fugas e tramas em que se envolvera, sempre acalentando o sonho da liberdade. Jubo ainda estava na primeira fazenda para onde fora vendido quando chegara ao Brasil. A vida ali não mudava para quem era escravo.

— É trabalho pesado dia e noite debaixo do chicote do capitão, que parece vigiar até o pensamento da gente. Palavra só com Catarina, a mucama da sinhá. Escondido, pois ela não pode ficar de prosa com gente da senzala.

Zimba não parava de falar para Jubo que precisavam arrumar um jeito de sair dali.

— Vamos fugir para um quilombo, onde nunca mais ninguém vai encostar a mão na gente. Tenho informação segura que existe um grande nas terras das Minas, não muito longe daqui...

Jubo já ouvira falar em quilombos: lugares onde escravos fugidos encontravam a liberdade, onde havia reis negros, assim como em Motubu e outras terras da grande África. Mas isso lhe parecia um sonho distante. Ouvira falar também sobre os castigos recebidos pelos que tentaram fugir daquela fazenda. Relatou a Zimba coisas medonhas até de se ouvir, mas isso andou longe de desencorajá-lo.

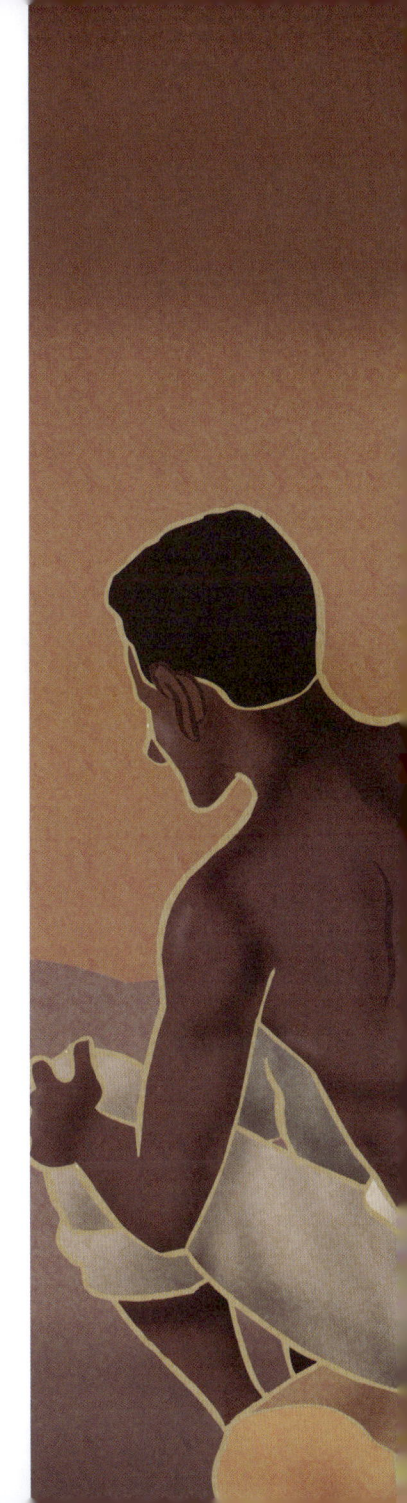

— Encontraremos um jeito — dizia o companheiro a matutar.

Logo Jubo passou a admirar Zimba, pois nunca tivera sua coragem, nem tentara escapar. Mas já era tempo disso mudar.

Um dia a oportunidade surgiu. Ou melhor, surgiu um fato novo e logo Zimba enxergou ali uma oportunidade. Jubo soube por Catarina, a mucama da casa grande, amiga dele: um grande carregamento de mercadorias iria chegar. Depois disso, os três assuntaram, perguntaram dali, daqui, como quem nada quer e conseguiram informações preciosas.

Então Zimba, com ajuda de Jubo e Catarina, bolou um plano, e trataram, imediatamente, de executá-lo. Começaram a espalhar um boato: primeiro Zimba disse a um escravo que trabalhava a seu lado, como quem fala em segredo, mas bem perto do capitão do mato:

— Corre a boca miúda que vão atacar o carregamento do sinhô!

Catarina, por sua vez, cochichou no ouvido de outra mucama:

— Ouviram no chafariz da vila que uns forasteiros vão armar a emboscada, na curva grande da estrada.

Esta foi imediatamente ter com a sinhá. Disse-disse de cá, disse-disse de lá, o boato chegou aos ouvidos do senhor, que resolveu se prevenir. O carregamento que iria receber era valioso o suficiente para despertar a cobiça de muitos. E inimigos não lhe faltavam.

Tratou rapidamente de armar seus empregados e escravos de sua confiança. Poucos ficaram na senzala — dentre eles Zimba e Jubo — imobilizados por algemas e correntes. Mas o importante é que os olhos dos que vigiavam olhavam apenas para a saída principal, preparados para proteger a caravana de um ataque que não aconteceria.

Restavam as algemas, mas isso não era grande problema. Livrar-se delas era a especialidade de Zimba, com suas artes de feiticeiro. Tanto que logo os dois se viram livres das amarras. Entraram na mata fechada, em direção oposta à dos homens que os vigiavam. Quando a tropa de burros, três horas depois, apontou levantando uma nuvem de poeira na estrada principal — sem sofrer ataque algum — os olhos do fazendeiro se crisparam de ódio. Imediatamente rumou para a senzala, onde viu apenas as algemas de Jubo e Zimba. Ordenou uma perseguição imediata, mas os jovens já haviam ganhado uma distância confortável.

Zimba sabia se virar bem nas matas: conseguia com facilidade comida, água e lugares seguros para dormir e descansar. Enquanto fugiam, Jubo pensava em como era bom ser livre novamente e sentiu vergonha de, um dia, ter possuído escravos.

— Acho que devo lhe pedir perdão, Zimba! Afinal, você era escravo em meu reino, e mesmo assim me ajudou... Podia muito bem ter me deixado apodrecer naquele inferno, de onde nunca tive forças de tentar sair...

— Não há o que ser perdoado — disse Zimba. Antes você era meu rei, e agora é meu amigo. Vamos tratar de sair correndo daqui... Não temos muito tempo!

Catarina esperaria por Jubo, que prometeu vir buscá-la assim que ele e o amigo dessem com o quilombo do Campo Grande, do qual Zimba muito ouvira falar. A moça trocaria, de bom grado, a cama fofa em que a sinhá lhe permitia dormir, o leite mugido e as broas de milho por uma vida ao lado de Jubo, ainda que não tivesse a mínima ideia do que a esperava.

Os dois jovens não pararam de andar e quando se deram conta já eram amigos, com segredos para trocar. Foi Jubo quem falou primeiro.

— Só quando me vi escravo soube do valor da liberdade! Quando era rei, nunca havia parado para pensar como era ser escravo...

Zimba explicou a Jubo o que descobrira em suas andanças e fugas:

— Liberdade não é só poder ir a qualquer lugar... Liberdade é ter casa, trabalho, comida, é poder dançar nas festas... É não ser proibido de cultuar seus deuses... É viver do seu jeito, sem ninguém a lhe ameaçar...

Era isso que eles precisavam conquistar...

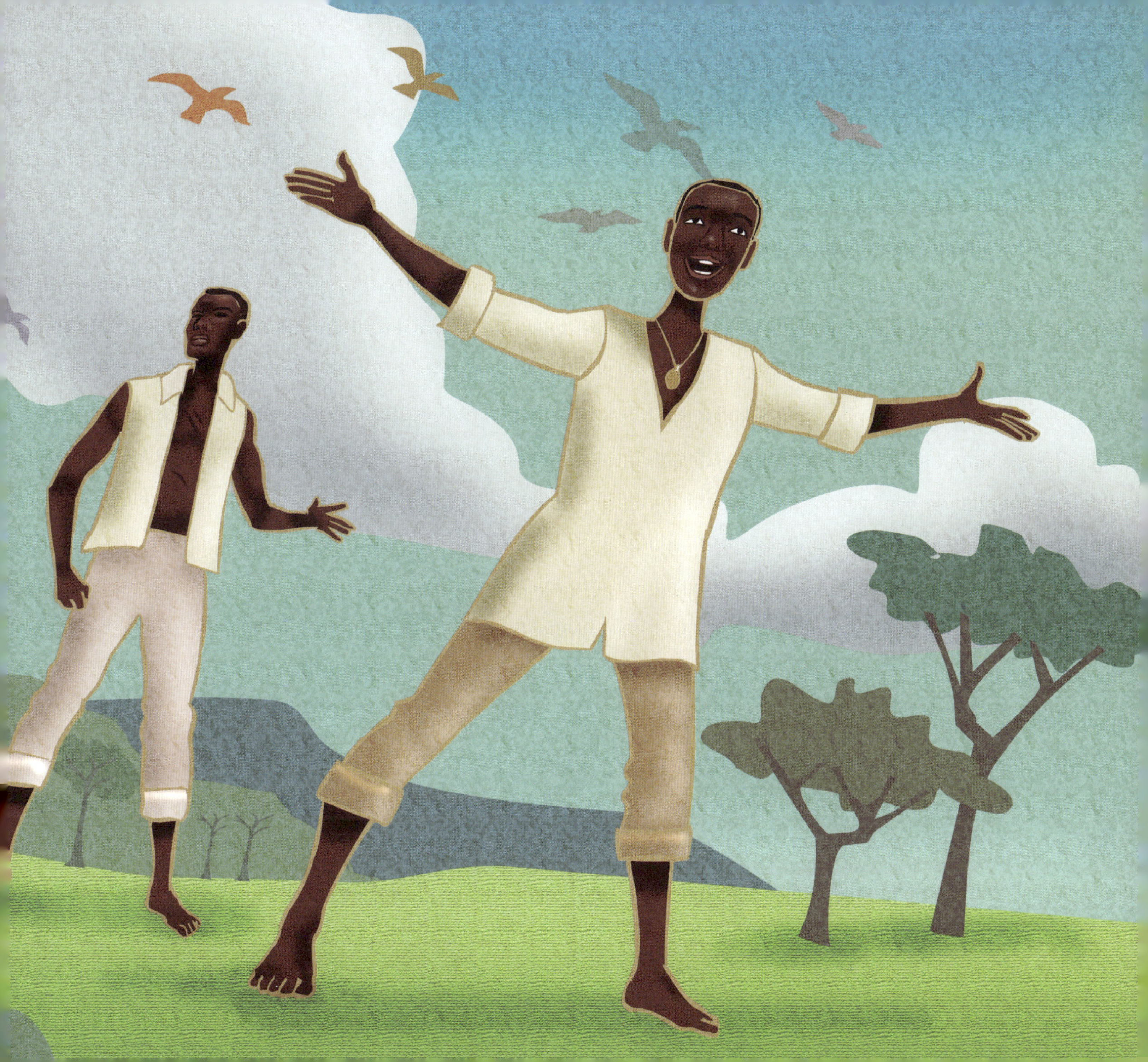

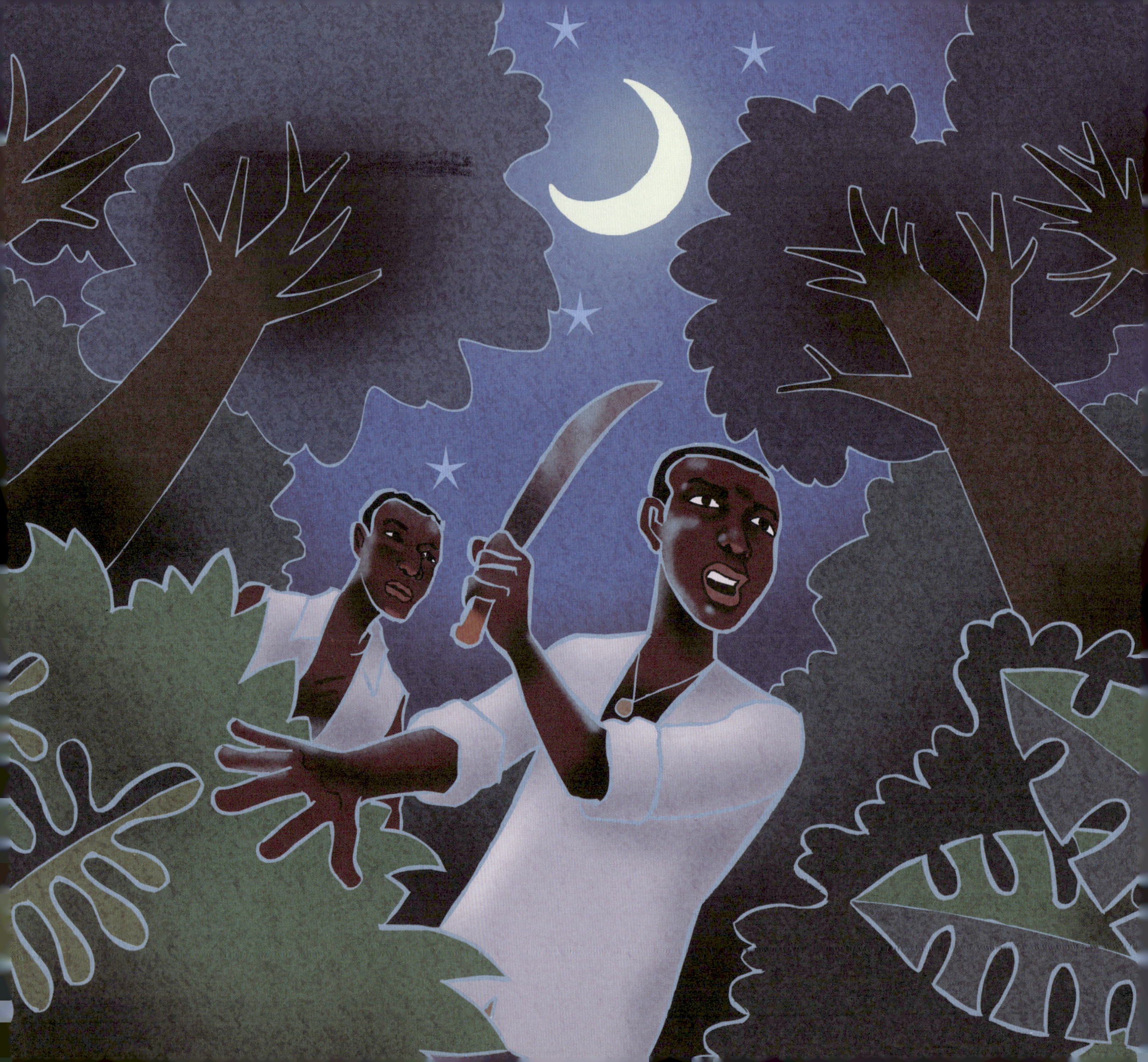

CAMPO GRANDE DA LIBERDADE

Os dias em que Jubo e Zimba caminharam pelas matas não foram contados. Só se sabe que muitas luas se passaram. De início, quando ainda estavam perto da fazenda, só andavam à noite, com medo de serem apanhados pelos capitães do mato do fazendeiro, que a essa altura esquadrinhavam a mata. Durante o dia escondiam-se em grutas, cavernas, onde faziam fogo para assar alguma caça que haviam conseguido apanhar. O medo de Zimba era mais por Jubo, pois ele conduzia um patuá dado por um ancião de sua antiga tribo, que fora amarrado em seu pescoço no momento em que nascera.

Tão logo caía a noite, se enfiavam pela mata, abrindo veredas com auxílio de um pequeno facão, sem ter ideia exata do que poderiam enfrentar. Construíram duas possantes lanças, para se defender dos predadores que com certeza viriam, fossem homens ou bichos. Em Motubu, Jubo havia sido iniciado na arte de caçar pelos mais velhos, com quem os jovens aprendiam tudo que é preciso aprender.

Jubo destacava-se entre os nobres da redondeza por ser exímio caçador. Mas ainda lembrava-se do medo que tivera que vencer em sua primeira caçada. O sol começava a despencar no horizonte quando o mais velho da tribo encostou o ouvido ao chão, com a mão em concha, e avisou da presença de leões. Embora não pareça, o silêncio de um leão é bem mais ameaçador do que seu urro, pois significa que ele está faminto e à espreita. E, de fato, estava. Eram dois animais gigantescos, com jeito de demônio, apreciadores de carne humana. Os outros homens ficaram às voltas com um leão enquanto o outro investiu contra Jubo, que, após uma luta renhida, conseguiu cravar sua lança recém-fabricada na goela do animal. As feridas daquela batalha lhe conferiram respeito na tribo. E logo sararam, tratadas que foram com ervas e esterco de boi. O couro do leão ficou pendurado ao lado do trono de Jubo. Deve ter sido consumido pelo fogo, quando do ataque ao reino de Motubo. Tudo isso voltava à noite, perturbando Jubo em seu sono. Era impossível esquecer.

A mata na terra do Brasil não era aberta como nas terras de Motubo, mas fechada e densa, a ponto de, em certas situações, uma faca ser de mais utilidade do que uma lança. Zimba explicou a Jubo sobre os predadores daquela floresta:

—A onça é a fera maior e mais temida. Por isso a gente deve dormir no alto das árvores. Tem o jaguar e o gato-do-mato, que são parecidos com a onça, só que mais miúdos. Fome a gente não passa: com as lanças podemos caçar veado, porco-do-mato, paca, anta, capivara. E tem ainda codornas, avoantes, mocós e um monte de bichos pequenos.

— E onde a gente vai pegar água agora? A nossa tá acabando — falou Jubo, que nunca havia se afastado dos arredores da fazenda.

— O que não falta aqui é água! Quando menos se espera, a gente esbarra em um riacho, ou mesmo num rio grande. Você vai ver... É só reparar no canto dos pássaros em festa, onde a mata fica ainda mais verde.

À noite, Zimba se orientava pelas estrelas, e, durante o dia, pelo voo dos pássaros, para seguir no rumo da Serra das Esperanças, onde sabia, por informação de outros escravos, localizar-se o grande quilombo do rei Ambrósio, um refúgio de liberdade para escravos, índios e tantos outros deserdados que lutavam para conquistar o que muitos teimavam em lhes privar. Elaborara, baseado nessas informações, um rústico mapa em papel de embrulho, com rios, serras e alguns outros acidentes geográficos.

O quilombo do Campo Grande, como era chamado, ficava nas terras das Minas, lugar onde os negros tinham mais chance de amealhar recursos e se tornarem forros. Uma pepita de ouro podia mudar a sorte de um homem de um dia para outro. Histórias fantasiosas alimentavam o sonho de muitos — brancos, negros, mulatos, caboclos — de se tornarem ricos e poderosos. Zimba ouvira falar de negros que se tornaram prósperos mascates, artífices, comerciantes; em negras donas de tavernas e quitandas. Muitos davam notícia de alferes e capitães negros. Corria a boca miúda o caso de um fazendeiro das bandas do Paraíba que se recusara a prestar depoimento por ser negro o juiz.

Zimba e Jubo não pensavam muito nessa história de ouro, tão pouco em se tornarem autoridades. Por enquanto, estar livre das algemas, trabalhos forçados, castigos e seguir no rumo de suas ventas já era motivo para se alegrarem. Vez em quando, os rapazes paravam de caminhar e apuravam o ouvido para escutar possíveis indícios de perigo, como faziam nas caçadas. Apenas o ciciar dos grilos, cigarras e o canto de pássaros podiam ser ouvidos. Logo adiante, um suave marulho anunciou a proximidade de um curso de água. Os rios e riachos eram utilizados para bebida das manadas, além de

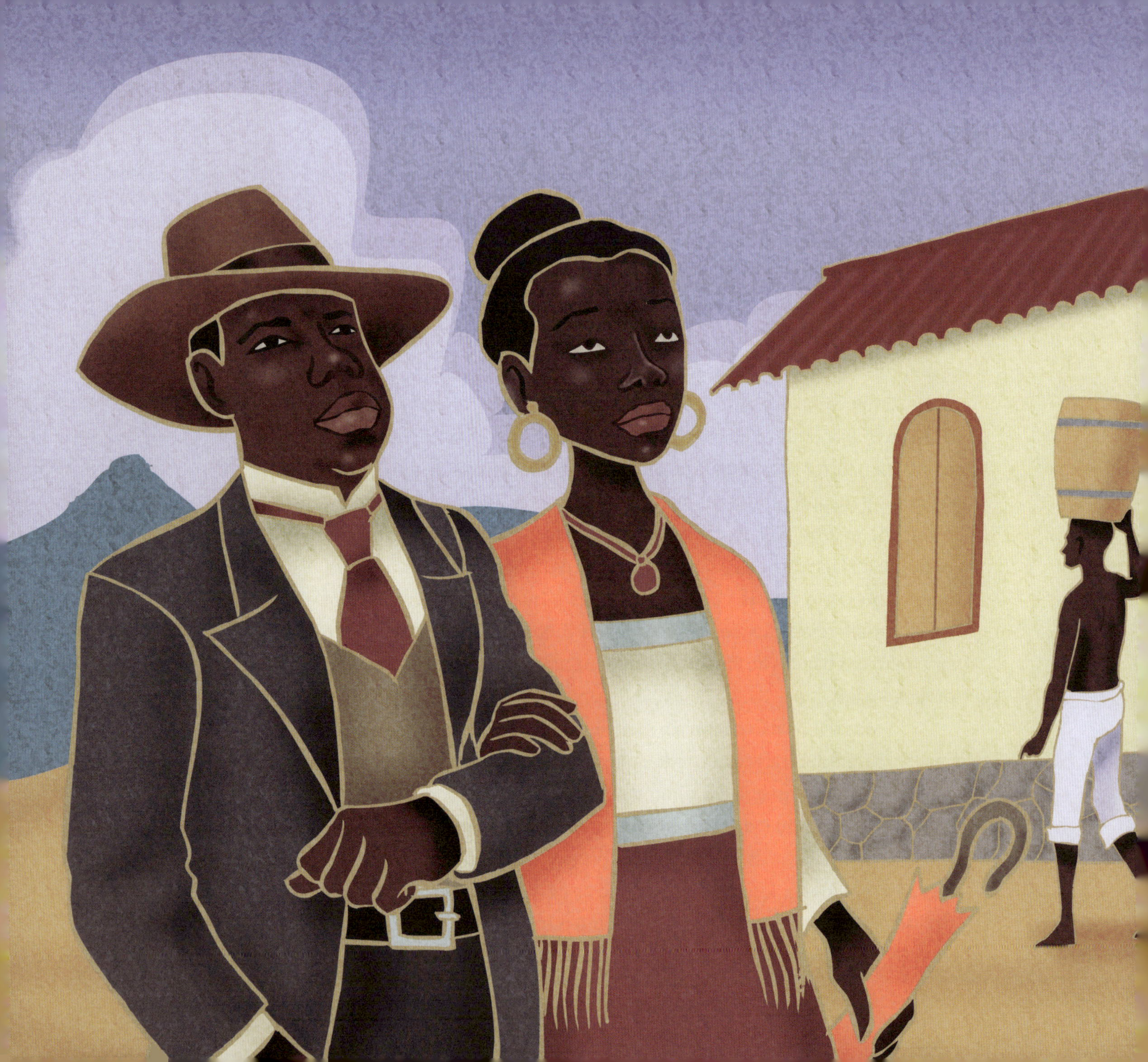

muitos caminhos acompanharem suas margens. Zimba e Jubo precisavam ficar ainda mais atentos.

Haviam caminhado umas dez braças quando Jubo fez sinal para pararem. Ficaram estáticos, sem fazer o mínimo barulho. Havia movimento de gente a pouca distância dali. O sol já desaparecia no horizonte. Cada vez mais tênues eram as luzes filtradas pela folhagem das grandes árvores. Os amigos esperaram escurecer completamente para averiguar. Sinais como relinchos e muitos rastros de animais indicavam tratar-se de um comboio de burros, carregado de mercadorias para abastecer os armazéns de alguma vila.

Jubo e Zimba se esgueiraram leves como sombras, sem fazer ruído algum. A tropa estava arranchada na clareira de um jequitibá frondoso, cujo tronco um homem adulto não conseguiria abraçar. Fizeram fogo, assando em um fogareiro improvisado nacos do que parecia ser carne seca. Conversavam animadamente. Um deles tirou uma viola de um saco já roto e dedilhou uma cantiga que falava de amor e saudade. Zimba e Jubo se entreolharam, ficaram tristes. Lembraram-se da última vez em que estiveram entre os seus, gargalhando, dançando, animados pelos espíritos que desciam das matas, atendendo ao chamado dos tambores e dos maracás.

Já era tarde quando os últimos homens pegaram no sono, enrodilhados por surrões. Zimba e Jubo trataram de se afastar dali o mais rápido que podiam. Caminhavam havia muito tempo, e, se o mapa que Zimba rabiscara em um pedaço de papel pardo estivesse correto, não tardariam a chegar ao Campo Grande. Andaram a noite toda e, aos primeiros raios de sol, avistaram as paliçadas que guardavam a entrada do quilombo. Uma estranha sensação de estar voltando para casa invadiu o coração dos dois rapazes. Foram abruptamente interceptados por um homem sisudo, portando um trabuco papo-amarelo.

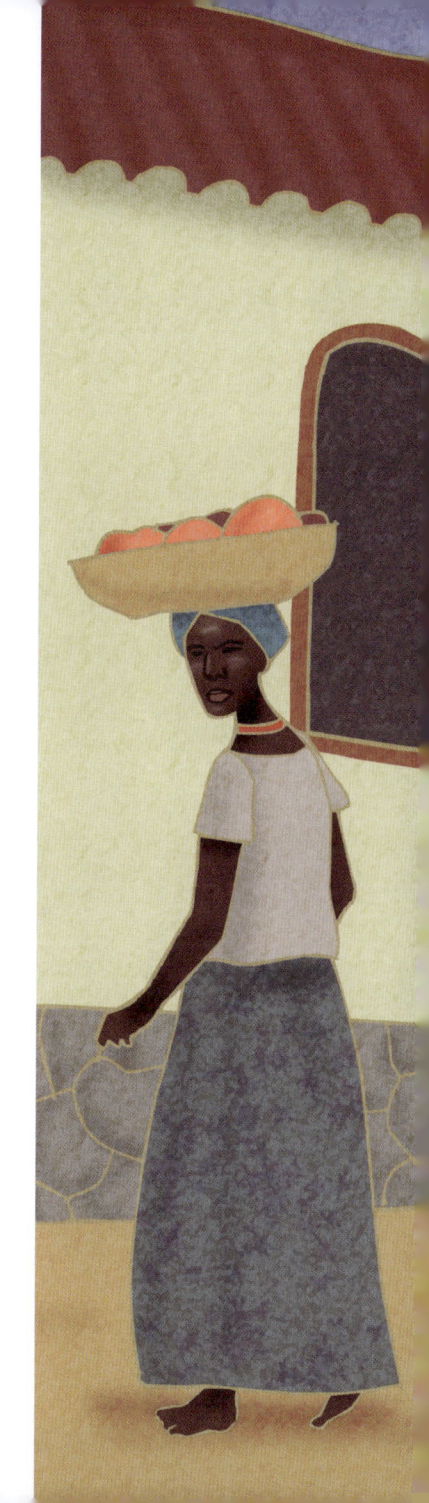

— Alto lá! Quem são vocês e de onde vieram?

— Calma, somos irmãos, queremos nos juntar a vocês! Viemos fugidos da fazenda Duas Águas, andando dias por essa mata, guiados por esse mapa.

Zimba entregou ao guarda o pedaço de papel onde estava rabiscado o mapa, para que este o examinasse. O homem ainda fez muitas outras perguntas. Após certo tempo, pareceu se dar por satisfeito. Então os dois foram conduzidos por outro homem à presença do rei Ambrósio, enquanto o que os interrogara voltava a seu posto de guarda.

A essa altura, o fazendeiro já havia mandado publicar anúncios em jornais da região, oferecendo gorda recompensa por qualquer informação sobre o paradeiro dos escravos Abdias e Francisco, fugidos de sua propriedade. Na descrição sobre Jubo estava escrito: "tem um sinal no peito que dizem ser de rei e marcas de luta pelo corpo, luta com animal de grande porte, talvez um leão". Zimba foi descrito como "tinhoso, arisco e enganador: alguns o acusam de ser feiticeiro. Abre algemas com facilidade e se gaba de ficar invisível. Tem marcas de castigo a ferro e fogo pelo corpo, das muitas vezes em que tentou fugir ou se rebelou". Jubo e Zimba às vezes se esqueciam que haviam sido registrados com esses nomes, ainda no mercado do porto de São Sebastião do Rio de Janeiro, onde haviam desembarcado. A cada homem, mulher ou criança sobrevivente à longa travessia era dado um nome cristão, à escolha do escrivão, que o anotava em um grosso livro de caixa ao lado do de seu proprietário.

Jubo e Zimba seguiram o homem que os conduziria à presença do rei. Subiram pela encosta da serra, pontilhada de partidos de milho, feijão, macaxeira, inhame, até o ponto mais alto, onde ficava a cidade do palácio real. Uma cerca de pau a pique protegia os mais de mil mocambos, separando-os das plantações e da área reservada aos bois, carneiros e cabras.

O palácio real era uma moradia de adobe, coberta com sapé, destacada das demais moradias por ser maior e um pouco mais alta. Zimba e Jubo receberam ordem para esperar na entrada, enquanto um oficial real se apresentava. Munido de um maço de jornais de diversas localidades, este perguntou quais eram seus "nomes de branco" e confirmou, pelos anúncios, a história da fuga contada pelos dois. Adentraram então um corredor que desaguava em um salão, onde se destacava o trono do rei Ambrósio. Era uma cadeira robusta, fabricada com toras maciças de jacarandá. Penas de pavão ornamentavam a cabeceira e, sobre o assento, se estendia o couro de uma grande onça pintada. A um aceno do ministro, Jubo e Zimba se curvaram em reverência.

Nesse momento, Zimba foi tomado por forte emoção. Acalentava seu coração saber que existia tão longe da mãe África um reino de roças, gado, sem o chicote de um capitão do mato a vigiar seus mínimos movimentos. Mas não era só isso. Uma sensação de familiaridade, de algo pertencente ao seu passado o invadia. Um tempo de lembrança quase perdida: uma aldeia africana em manhã de luz, quando o sol banhava a plantação de milho ou quando o mesmo sol mergulhava, vermelho, no poente, trazendo, já em sombra, o vulto de um homem com uma caça aos ombros... De um menino de três, quatro anos, que se agarrava ao pescoço do pai e, curioso, brincava com o amuleto que este carregava no pescoço... Lembranças da carne da caça, já em postas sangrentas, assando sobre o braseiro... Dos pedaços de inhame que sua mãe amassava e lhe dava para comer...

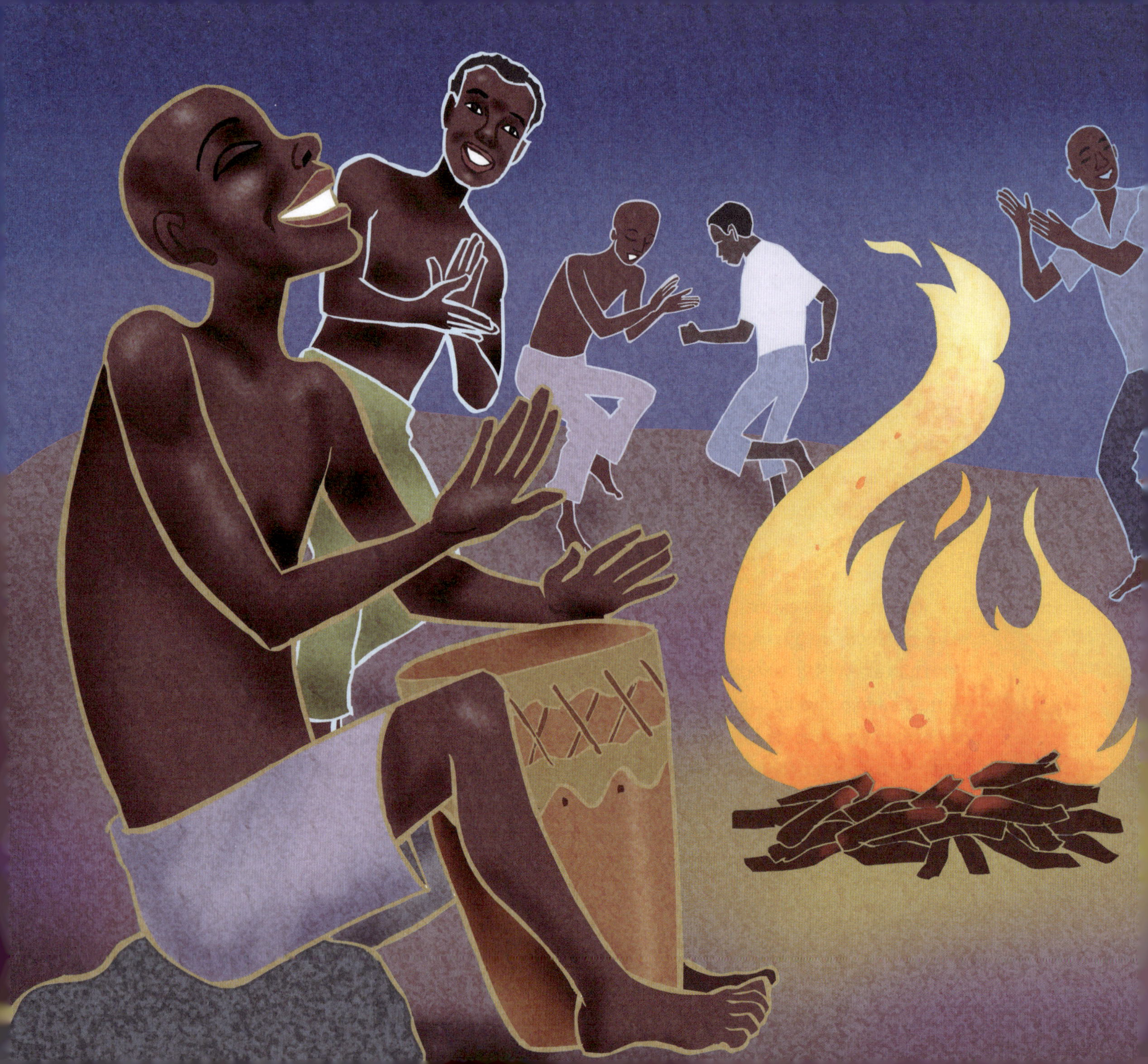

Aproximou-se do rei para ver melhor o amuleto que se dependurava do seu pescoço — um dente de rinoceronte amarrado a um cordão ensebado, pelo longo tempo de uso junto ao corpo. O rei fixara o olhar em Zimba, um olhar tão intenso que feria tanto quanto o seu silêncio. De repente, os dois homens se abraçaram, ainda sem palavras. Grossas lágrimas corriam do rosto ainda jovem de Zimba, indo morrer na barba rala do rei, que já começava a branquear.

Só muitas horas depois, quando os homens, a convite do rei, se reuniram para festejar em volta da fogueira, e ao som dos tambores, Xapanã descido das trevas dava piruetas com os vivos, Zimba soube do que acontecera à sua mãe, morta em uma tentativa de fuga, da qual o pai e uns poucos homens escaparam. Ambrósio (que era também Zenbenjo) carregara o corpo já sem vida de Francisca (que era também Changa) e a plantara no seio do Campo Grande em uma cova na terra úmida, junto com suas sementes de liberdade.

Zenbenjo e seus companheiros abriram picadas até o alto da serra e lá construíram os primeiros mocambos, plantaram as primeiras roças. As notícias sobre o quilombo corriam meio mundo, e a cada dia chegavam negros e outros desvalidos em busca do sonho da liberdade: gente de corpo castigado e alma que não se dobrava aos chicotes, galhardeiras, algemas e tantos mais instrumentos de tortura.

Uma paliçada foi construída em volta do quilombo, com torres onde homens armados — dispostos a morrer defendendo os companheiros — vigiavam. Ambrósio explicou a Jubo e Zimba que no quilombo se praticava o comércio: sobras da colheita e parte dos animais de criação eram negociados com a gente das minas, porque, afinal, seus corpos reclamavam comida, enquanto suas almas queimavam na febre do ouro e dos diamantes.

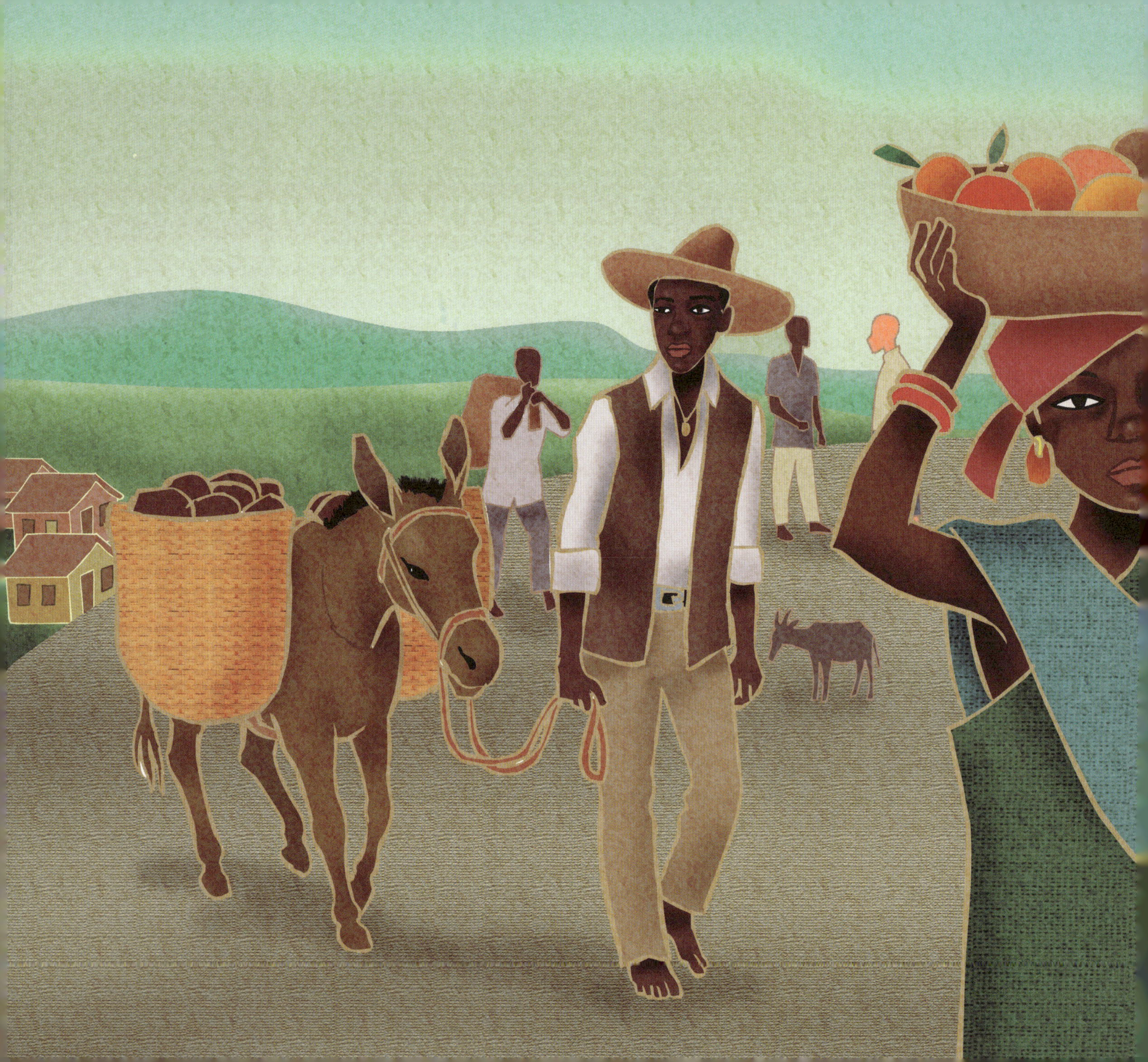

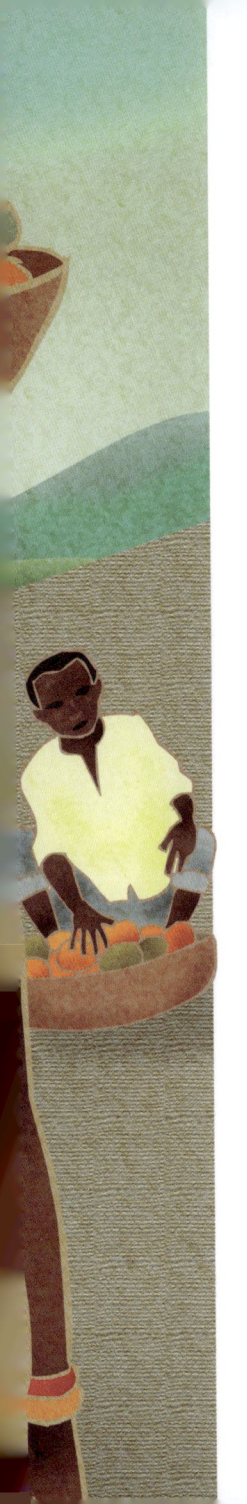

SENHORA NEGRA SINHÁ

Jubo e Zimba trabalhavam de sol a sol em suas roças. Assim como em Motubu, criavam algumas vacas, além de cavalos e muares. Zimba era o encarregado de ir à aldeia vender o excedente da produção na feira da Vila de Tamanduá. Os homens de lá, muitos deles forasteiros, não prestavam atenção ao rapaz, de modo que ele não corria grande risco misturado a negros forros e de ganho, que eram maioria na população da vila. O próprio capitão da guarda era negro: certa feita, Zimba o vira com seu vistoso traje azul e encarnado, botinas lustrosas e um penacho escarlate no chapéu.

A feira acontecia em um pátio calçado de pedra, defronte à igreja de Nossa Senhora do Rosário. O templo, pequeno mas bem cuidado, estava encravado no alto de uma elevação de onde se podia ver grande parte do casario da vila. Ali, assim como Zimba, pessoas dos mais variados sítios traziam suas mercadorias para negociar: animais vivos, cereais, frutos da terra, cestos, redes, potes e artigos mais finos como cortes de pano, perfume e outras quinquilharias, especialidades dos mascates. A olhos não vistos, traficava-se ouro e conspirava-se contra autoridades, fugas eram tramadas, encontros eram marcados, e mortes encomendadas.

Era na feira que se sabia das notícias da corte, que chegavam em forma de zum-zum-zum, antes de serem promulgadas, medidas como devassas, confiscos e aumento de impostos. Anúncios sobre escravos fugidos eram pregados nos postes, mas as recompensas não pareciam despertar grande interesse em quem estava ali para vasculhar as entranhas da terra em busca das preciosas pepitas. Quem matava o tempo pela vila dava conta de particularidades do cotidiano: uma sinhá que por ciúme mandara surrar a ama de leite de seus filhos, um negro que afrontara o patrão, que bebera demais nas tavernas ou se engraçara para Damiana, levando uma dolorosa lição dos pajens que esta mantinha a postos para esse fim.

Zimba havia muito ouvira falar da taverna de Damiana, negra de beleza sem par. Corriam rumores que ela teria assassinado seu dono

— um velho avarento que a comprara ainda mocinha — e fugido para aquele fim de mundo. O fato de não dar confiança a homem nenhum, já tendo recusado proposta de casamento até de autoridades, a deixara famosa no lugar. Muitos reservavam boa parte do apurado para gastar em bebidas e petiscos na sua taverna, só para gozar de sua companhia. E com um golpe de sorte, quem sabe, algo mais...

Zimba, que ainda tinha coração e olhos presos às contas coloridas que envolviam os braços e pescoço de Siloé, nunca se sentira atraído a frequentar essa taverna ou qualquer outro lugar do tipo. Terminada a feira, tratava de selar seus animais e voltar o mais rápido possível ao Campo Grande.

Foi uma encomenda do seu pai, Ambrósio, que o levou à taverna de Damiana, onde teria, mais uma vez, encontro marcado com seu destino. O estabelecimento funcionava no vão térreo de um sobrado de construção sólida, coberto com telhado em estilo tacaniça. Uma larga porta feita de madeira maciça se abria em par, permitindo antever o interior da taverna: limpo, arrumado, bem sortido de bebidas. O cheiro dos petiscos consumidos para tirar o gosto das bebidas podia ser sentido do pátio, onde havia pessoas matando o tempo, proseando, vendendo mercadorias variadas.

Zimba adentrou devagar o recinto, inibido pela falta de costume. Antes se informou de um homem no pátio se ali se vendia fumo de boa qualidade. Damiana estava de costas, arrumando as garrafas recém-trazidas

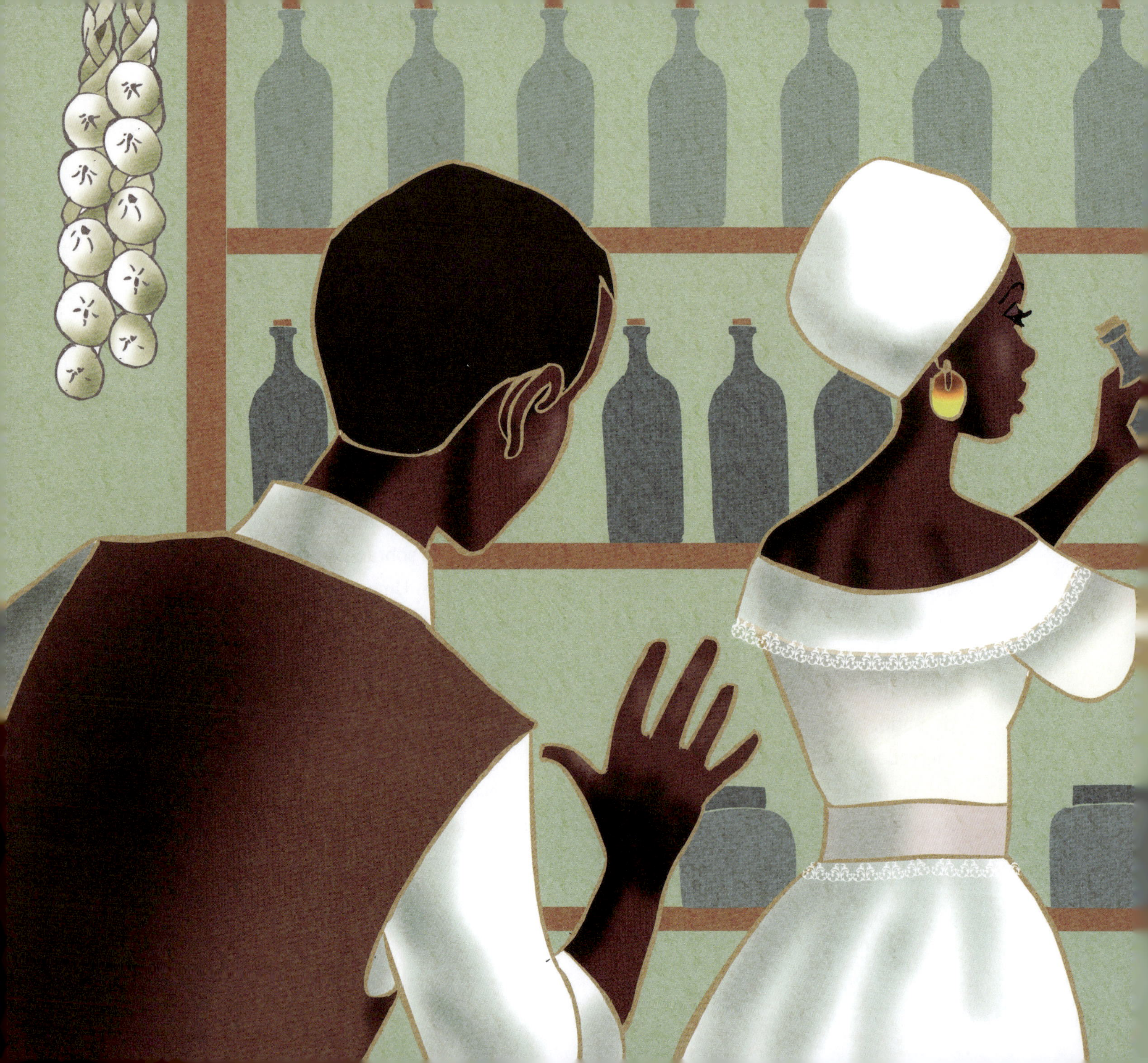

pelo mascate, quando se virou, com a graça que lhe era peculiar, ao ouvir a solicitação do freguês:

— A senhora tem...

Ao ver Damiana de frente, com seu vestido branco rendado, que lhe deixava nus os ombros, Zimba não pôde completar a frase. A moça não mais usava as contas coloridas que lhe cingiam o pescoço e os pulsos, mas era Siloé. Reconheceu-a na mesma hora, e a reconheceria ainda que houvessem se passado o dobro, o triplo dos anos em que ficaram separados. Damiana — que também era Siloé —, por sua vez, fitava o rosto de Zimba, pronunciando palavras na língua natal de Motubu, só entendidas pelos dois.

A essa altura, todas as atenções estavam voltadas para o casal. As pessoas, antes dispersas pelo pátio, se acotovelam no balcão. As que estavam mais perto iam narrando os acontecimentos aos que estavam mais longe. Siloé, ainda aturdida, pegou Zimba pela mão e o conduziu por uma saída lateral, onde uma escada dava acesso ao pavimento superior, onde esta habitava. Os fregueses olharam-se num misto de estupefação e inveja. Quem era aquele homem que recebera do nada a graça de ser convidado por Damiana a entrar em seus aposentos?

As palavras saíram atrapalhadas, aos borbotões, mas deram conta de informar um ao outro do que havia acontecido a cada um deles desde que haviam sido capturados em Motubu. Zimba perguntou a Siloé se ela havia mesmo matado o tal homem, ao que esta respondeu negativamente: apenas usara um ardil, trancando-o em seus aposentos. Este, ao saber de sua fuga, morrera esmagado pelo ódio que carregava em seu coração. Siloé mostrou a Zimba sua morada, enquanto ia contando-lhe como amealhara recursos vendendo seus quitutes, juntando-os tostão a tostão até conseguir o patrimônio que muitos acreditavam vir de favores que nunca havia prestado.

    A casa era agradável e ventilada. Exalava um perfume de quitutes misturado a incenso de pau-d'angola. As janelas se abriam aos pares, encimadas por cortinas rendadas. Na sala havia um sofá de brocado (onde havia pouco estavam sentados Zimba e Siloé), um relógio de parede e um aparador no qual repousava uma jarra de ágata. Sobre o piso de madeira corrida estendia-se uma esteira de palha, e no canto oposto, o couro de uma onça pintada. O quarto era bem mobiliado: destacavam-se uma cama de dossel, mesinha, castiçais e um grande baú de pregaria com as inicias *S* e *D*. Zimba nunca imaginara ser possível uma mulher negra vivendo igualmente a uma sinhá. Teria orgulho mesmo que se tratasse de alguém que não conhecesse, imagine sendo ela, Siloé. Mas o que fez Zimba feliz — muito mais do que o sobrado de Siloé — foi o fato de ela ainda o querer com um olhar, igual a quando viviam em Motubu. Despediram-se, aflitos, sabendo que não poderiam se rever tão cedo. Zimba consolou Siloé: agora que a reencontrara não a perderia novamente.

— Arranjarei um jeito! Prometo que ninguém nem nada nesse mundo irá nos separar!

Tanta felicidade para Zimba e Siloé significava também preocupação. O encontro em público chamara tanta atenção na Vila do Tamanduá, que em toda roda de conversa especulava-se sobre a origem de Zimba.

Os frequentadores da taverna assuntavam com Siloé sobre o moço que subira em sua casa, ao que ela respondia com o mais absoluto silêncio. Quando lhe advertiram que o moço era gente do quilombo, a moça se preocupou: mandou avisar a Zimba do perigo que corria. O rapaz, por sua vez, não parava de pensar em um jeito de se juntar à sua amada. Certo dia, para se distrair, Zimba foi caçar nos arredores do quilombo. Sua pontaria, antes certeira, não conseguia acertar nem mesmo um animal adormecido. Andava a esmo pensando em uma solução quando se deparou com um pequeno riacho no fundo de um grotão. O veio de água corria por um leito de cascalho. Zimba se abaixou e ficou mexendo nas pedrinhas, quando notou que algumas brilhavam ao sol. Um brilho tão intenso como o que vira em pepitas de ouro que um homem lhe mostrara certa vez. Seria um presente dos deuses? Dos seus deuses que ficaram lá nas terras de Motubu e que eram honrados aqui, em companhia de outros deuses e santos da igreja dos brancos. Zimba pegou três pepitas e depositou-as em seu alforje. Queria apenas comprar sua alforria, a do seu pai e a do amigo Jubo. Tinha medo do brilho do ouro, do que vira certos homens fazerem para consegui-lo.

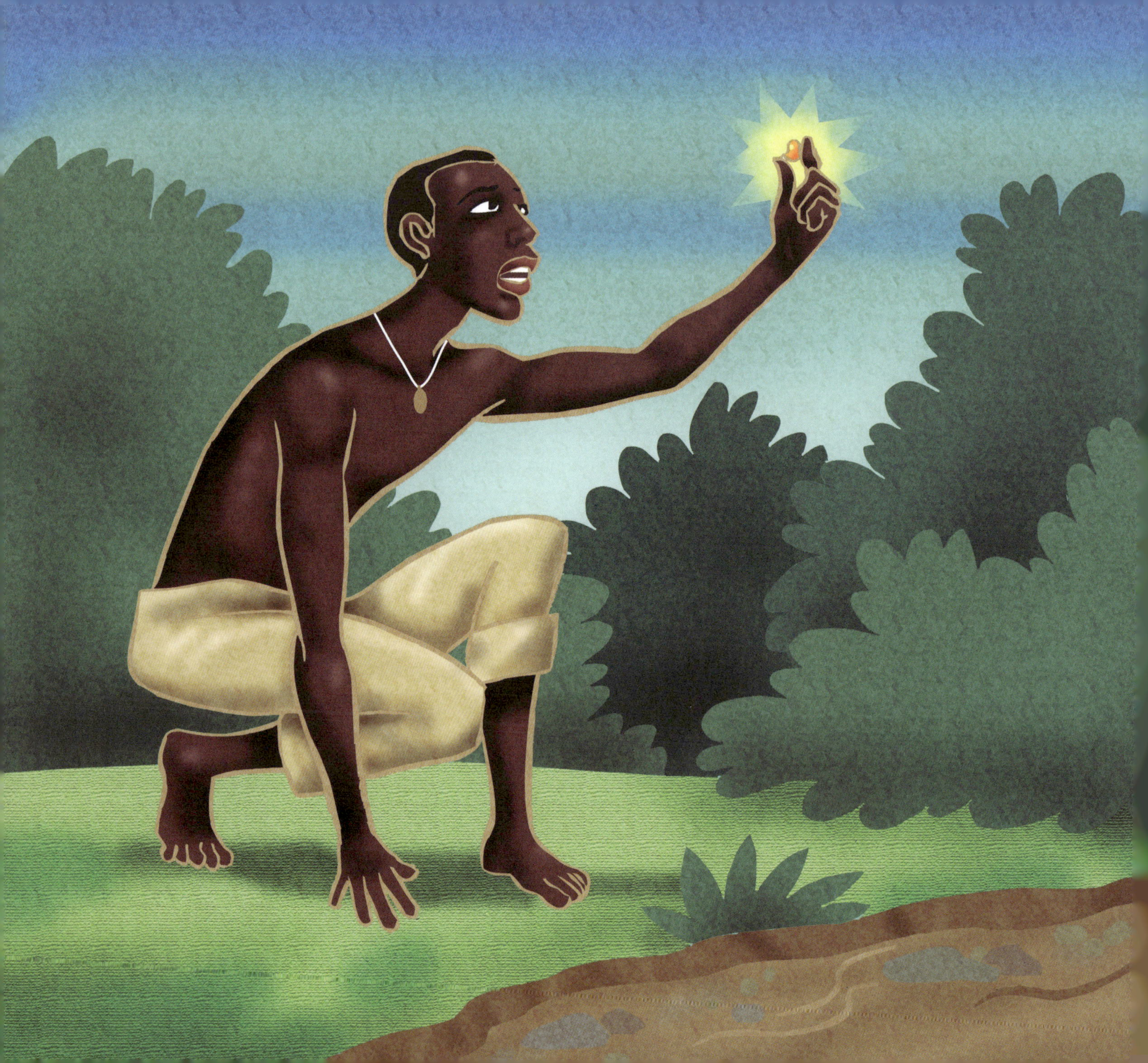

De volta ao quilombo, Zimba chamou o pai e lhe contou sobre o achado. Falou-lhe também de Siloé, o motivo pelo qual ele tanto desejava sua carta de alforria, apesar de ali sentir-se em liberdade. Ambrósio coçou a barba num movimento lento, franzindo o cenho em sinal de preocupação. Disse a Zimba que este havia tomado a atitude certa. Uma notícia sobre ouro nessas terras seria o fim do quilombo. Por enquanto, eram quase deixados em paz porque ninguém se interessava muito por aquelas terras de relevo íngreme, difíceis de explorar. Mas, sabendo do ouro, viriam como lobos famintos, varrendo tudo que encontrassem pela frente.

Zimba foi muito longe para negociar as pepitas, sem despertar suspeitas sobre sua origem. Vendeu-as por um quarto do que realmente valiam, o suficiente, porém, para comprar cartas de alforria para ele e Jubo, já que seu pai não pareceu se interessar. Disse que comandar o quilombo era seu destino e ali já conquistara sua liberdade.

A essa altura, Catarina já havia se juntado a eles. Fingira-se de louca em casa do fazendeiro: deitara sal no mingau do menino (em vez de açúcar), dera para falar de demônios, acordando os da casa grande com seus gritos. O fazendeiro mandou que os feitores se livrassem dela, mas a sinhá, compadecida, ordenou que apenas a soltassem na estrada real, e a deixassem seguir para onde quisesse. Era tudo que Catarina esperava. Seu plano havia sido bem-sucedido. Seguindo as orientações de Zimba, foi parar no quilombo, onde, finalmente, pôde se unir a Jubo.

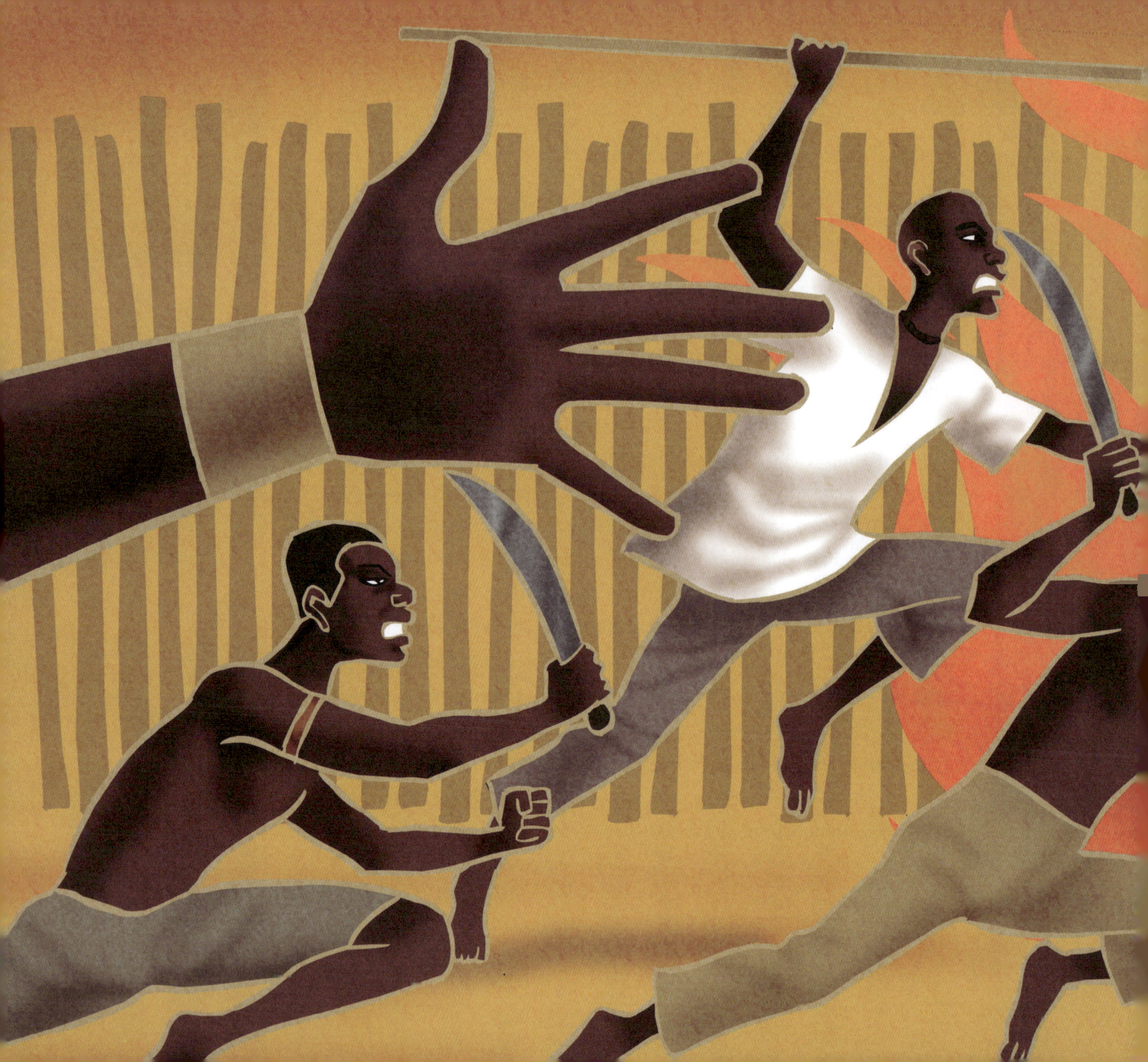

A GRANDE BATALHA

      Negociadas as cartas de alforria, Jubo, Catarina e Zimba se mudaram para a Vila de Tamanduá. Continuavam a comerciar com os produtos do quilombo. Jubo negociava com animais e produtos agrícolas, Catarina vendia seus quitutes pelas ruas da vila: doces, pastéis de nata, quindins e refrescos de manga, maracujá, iguarias de dar água na boca. Logo o casal prosperou e comprou uma casa de porta e janela, bem no centro da vila, onde foi instalada permanentemente a venda de Catarina. Jubo, que aprendera o ofício de cirurgião barbeiro, instalou uma botica e barbearia, cuja licença de funcionamento devidamente emoldurada era exibida na parede, assim como sua carta de alforria, onde constava o nome de Francisco. Ficou famoso na vila por suas artes de cura, por meio de rezas e poções que fabricava nos fundos da barbearia com ingredientes vindos ninguém sabe de onde.

Os dois amigos casaram-se no mesmo dia, na igreja de Nossa Senhora do Rosário, que foi enfeitada com margaridas do campo, que abundavam nos meses de setembro. O traje dos noivos, o cortejo e a festa de casamento causaram admiração na vila e motivaram comentários durante meses. Siloé estava ornada com suas miçangas coloridas e vistosos braceletes de cobre, coral e vidro que contrastavam com o branco do seu vestido. Catarina ostentava um bonito colar com pedra verde, presente de casamento de Jubo.

No quintal da taverna de Damiana, as mesas estavam arrumadas com capricho: toalhas de renda, cestos de frutas e vasos de flores. Uma variedade de doces, pratos salgados, vinho e aguardente estavam à disposição dos convidados. Um grupo de amigos trouxera violas, cuícas, tamborins e pandeiros. Zimba, Siloé, Jubo e Catarina (que não tinha outro nome, pois havia nascido no Brasil, filha de escrava com um homem branco) honraram seus antepassados, pais e mães que não estavam ali, pedindo proteção aos ídolos da fertilidade.

Os casais presentes formaram uma roda e, um a um, os pares iam se apresentando no meio do círculo, em danças consideradas indecorosas por muitos brancos. Cantavam canções que falavam sobre a vida amorosa de cada um deles, como se conheceram e se apaixonaram. A quizumba foi até alta madrugada, quando, então, os convidados se dispersaram e os noivos se recolheram às suas casas: Zimba e Siloé subiram ao seu sobrado enquanto Jubo e Catarina desceram a pé, bem abraçadinhos, a ladeira que os levava à sua casa na rua defronte à igreja.

Pode-se dizer que ali, na Vila do Tamanduá, eles viveram felizes: tiveram filhos, que brincavam ruidosamente nas ruas com seus cavalinhos de madeira, de pega-pega, manja ou entoando canções de roda trazidas lá de longe, dos reinos do Congo, de Angola, de Luanda. Canções aprendidas com seus pais, que aprenderam com seus avós...

Os filhos de Zimba e Jubo aprenderam a ler e escrever em aulas tomadas com o escrivão Abud, um negro malê cuja cultura era tão vasta que não se comparava à de nenhum branco do lugar. Era ele quem redigia documentos e petições ao governo geral das Minas, ou, em casos mais graves, à corte de Portugal. Foi o mesmo Abud quem confidenciou a Zimba e Jubo sobre histórias de ouro no Campo Grande. Por conta disso, uma grande expedição militar estava sendo organizada para exterminar o quilombo, de tal porte que o rei Ambrósio e seus homens nada poderiam fazer. Zimba foi ao quilombo com a missão de convencer seu pai a se render, tarefa que, em seu íntimo, sabia inútil. De fato, Ambrósio reuniu seu conselho e, após algum tempo, anunciou a todos que ficariam e resistiriam. Jubo e Zimba resolveram juntar-se a eles, sob os protestos de Catarina e Siloé.

A grande batalha aconteceu dois meses depois, conforme o aviso de Abud. Homens fortemente armados investiram contra as paliçadas do quilombo, que resistia, alimentado pela bravura dos seus homens. Um a um, os guerreiros foram caindo e as tropas avançando, incendiando tudo ao seu redor. Quando alcançaram o palácio real encontraram Ambrósio sentado serenamente em seu trono. O rei fitava os homens de tal maneira que nenhum deles conseguia encará-lo. Baixaram as armas e se aproximaram, até que o capitão gritou:

— Bando de frouxos! Não veem que esse homem está morto?

Durante dois dias Zimba pairou inconsciente, transitando entre a vida e a morte. Quando finalmente voltou a si, viu o corpo do seu amigo Jubo, cuja alma já havia partido para o reino dos seus, na grande terra do Congo. Zimba levantou-se e carregou o corpo até o palácio de adobe, que estava intacto em meio aos mocambos incendiados. Fez uma cova ao lado da sepultura de sua mãe, enterrando ali Ambrósio, que até então permanecera em sua cadeira real. O corpo de Jubo foi sepultado logo adiante.

Zimba acreditava que sobrevivera por escolha dos deuses. Continuou em seu ofício de curas e viveu mais de cem anos, cumprindo, de outra forma, a missão do seu pai, Ambrósio (que também era Zenbenjo).

Seguidamente, muitos homens vasculharam, palmo a palmo, o quilombo do rei Ambrósio, mas o dito riacho, onde Zimba achara as pepitas, nunca foi encontrado. Quando finalmente desistiram dessa busca, a mão da natureza já fizera nascer flores e crescer arbustos sob o solo calcinado.

O ipê amarelo, sob cuja sombra dormem Changa, Zenbenjo e Jubo, se destacava na paisagem do "quilombo queimado" por florescer o ano inteiro: a copa da árvore reluzia em ouro intenso, contrastando com o verde da mata.

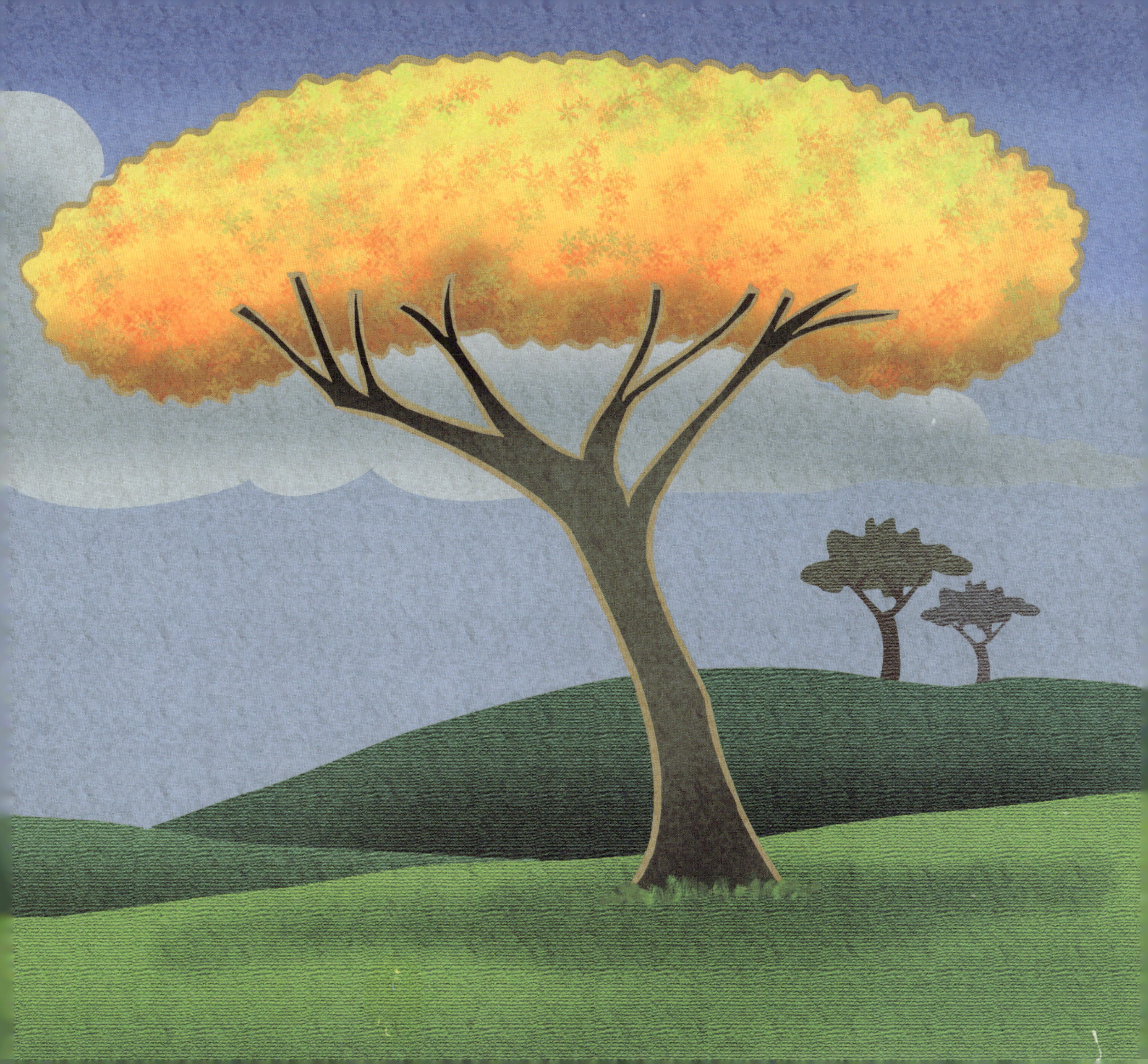

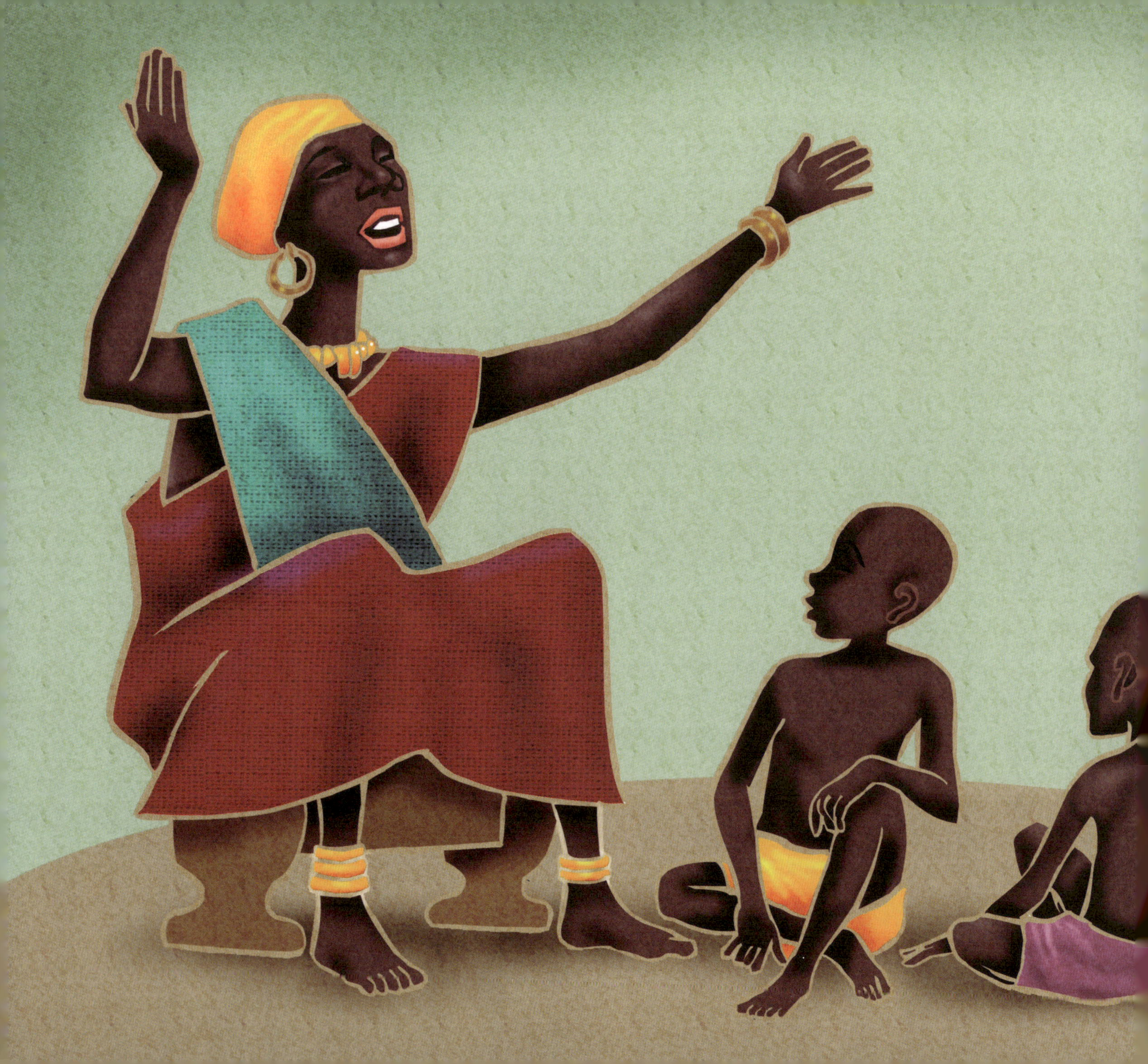

DE CÁ E DE LÁ: REALEZAS, SANTOS E ORIXÁS

Com o retorno de Zimba, tudo foi voltando à normalidade, com a diferença de que agora conviviam apenas com a lembrança de Jubo. Catarina disse a seus filhos que o pai fora viver no lugar dos espíritos ancestrais, para onde todos se mudariam, mais cedo ou mais tarde. Todas as noites, contava e recontava, a pedido dos pequenos ouvintes, histórias de caçadas e aventuras, de quando Jubo era rei em Motubu...

— Era uma vez um jovem muito corajoso que venceu um sanguinário leão em sua primeira caçada...

Em um pequeno santuário de madeira que abrigava imagens de Nossa Senhora do Rosário e Santa Ifigênia, Catarina colocara o colar de sementes com o amuleto real de Motubo, do qual Jubo nunca se separara. Lá, fazia preces aos guias e espíritos protetores, cultivando a memória do marido. Fitas coloridas se entrelaçavam na cruz que encimava o oratório, em frente ao qual ardia uma vela, sempre substituída por outra, de modo que a chama nunca deixasse de arder, iluminando os caminhos de Jubo e dos que aqui ficaram. O rei Ambrósio, por sua vez, virara lenda entre os negros — a melhor das maneiras de ser honrado. Sua coragem era um exemplo a ser seguido nas muitas lutas pela liberdade que ainda seriam travadas.

Por volta de fins de abril percebia-se um movimento diferente na Vila de Tamanduá: nas ruas se ouvia o rufar dos tambores se preparando para o grande dia. Em casa, as mulheres andavam às voltas com panos de cetim encarnado e azul, costurando casacas, capas e saiotes, salpicando nos chapéus pedacinhos de espelho, enfeitando com fitas coloridas as coroas e espadas do batalhão dos guerreiros, fabricadas pelos mestres-ferreiros. O estandarte real, ou bandeira do santo, peça mais importante da cerimônia, coberto de vidrilhos e rematado com franjas, era obra das bordadeiras profissionais.

A coroação de reis ocorria no mês de maio, em homenagem a Nossa Senhora, que também era rainha. Zimba representava o rei Ambrósio, acompanhado pela rainha Siloé e sua corte de pajens, guerreiros e capitães. Tocadores de tambor ficavam dispostos em duas filas: uma à direita e outra à esquerda. Tocavam uma a cada vez, respondendo aos chamados uma da outra. Os vassourinhas iam à frente, varrendo as ruas por onde passaria a corte, enquanto os guerreiros defendiam com suas espadas os que lançavam olhares de inveja sobre a comitiva real.

Dessa forma era revivida a coroação de reis do Congo, de Angola, de lugares tão distantes e tão dentro do coração, não deixando ninguém esquecer quem eram os seus, nem de que era preciso construir, a todo tempo, novos reinos de liberdade. E assim continuaram a fazer os filhos, netos, bisnetos, tataranetos de Zimba e de Jubo. O tempo passou, passou e por todo esse imenso Brasil que veio da África, em cada vila, lugarejo, cidade, metrópole, há sempre alguém botando o seu congado na rua, coroando seus reis, festejando a liberdade, pouco importando o nome que lhe dão: congada, banda de congado, catopé, coroação do divino, maracatu, reisado, tambor de crioula, escola de samba, bloco de sujos.

Em cada canto desse chão, há alguém pedindo luz para seus caminhos, a santos que atendem por Bárbara/Iansã, Lázaro/Omulu, Jorge/Xangô, Sebastião/Oxóssi, Assunção/Conceição/Iemanjá. Ou se esbaldando em uma roda de samba, umbigada, batucada, lundu, recebendo santo em terreiro de umbanda, erguendo a voz contra a injustiça e o preconceito, ao som da batida do *rap*, do *hip-hop* e do *reggae*.

Histórias como a do rei Ambrósio (que também era Zenbenjo) ainda hoje são contadas, como a de tantos que deram as suas vidas pelo sonho-liberdade. São histórias assim que erguem a cabeça dos homens e os fazem enxergar muito longe, além do horizonte e das estrelas. São histórias assim que nos fazem compreender que ninguém é pior nem melhor que ninguém, mas iguais em seus direitos e deveres.

Porque há sempre gente querendo construir um Brasil onde todo mundo possa brilhar: um Brasil africano, indígena, europeu, asiático. Brasileiro. Um país que se constrói no gingar da capoeira, no rufar dos tambores, maracás e berimbaus, na dança dos búzios do Ifá, que também são regidos pela força da vontade dos homens.

GLOSSÁRIO

Avoante – espécie de pombo de pequeno porte, com ocorrência em todo o território nacional. Durante a migração, formam bandos compactos, o que os torna presa fácil para o abate a tiros. Devido à caça em larga escala, a espécie corre risco de extinção.

Berimbau – instrumento trazido pelos escravos angolanos para o Brasil, utilizado para acompanhar a dança acrobática conhecida como capoeira.

Caravana – coletivo de cavaleiros em deslocamento grupal.

Comboio – tropa de burros cargueiros utilizada do período colonial até início do século XX para o transporte de mercadorias entre vilas, fazendas e cidades.

Encarnado – forma arcaica de denominação da cor vermelha.

Forro – liberto da escravidão; alforriado.

Grotão – formação do relevo, aumentativo de grota. Gruta de tamanho menor, localizada em terreno íngreme e pedregoso.

Guias – 1 - espíritos guardiões. 2 - colares de contas coloridas, em que cada cor ou cores corresponde a um determinado orixá. Nas religiões afro-brasileiras, a pessoa costuma usar o guia de acordo com o seu "santo/orixá" protetor.

Ifá – entidade que dá nome a uma espécie de oráculo africano, que se originou na África Ocidental entre os Yorubas. No Brasil, é praticado por meio do jogo de búzios.

Lundu – gênero musical e uma dança brasileira surgida a partir dos batuques dos escravos bantos trazidos ao Brasil.

Maracás – espécie de chocalho fabricado com cabaça desprovida do miolo, recheada com pedrinhas ou sementes. De origem indígena, está presente também em diversas manifestações culturais e cerimônias religiosas afro-brasileiras.

Mascates – vendedor ambulante de artigos para costura, bijuterias, joias de menor valor, perfumes, tecidos, estampas de santo. Andava a cavalo e carregava a própria mercadoria em alforjes (bolsas grandes de couro).

Miçangas – bijuterias de materiais variados: contas coloridas, vidro, cobre, metal dourado imitando ouro.

Mocó – roedor cuja carne é apreciada como alimento em várias regiões. Animal herbívoro, de tamanho maior do que o um rato, tem cauda vestigial (ausente) e pelagem cinzenta.

Pajens – indivíduos caracterizados com indumentária especial, que precedem a comitiva real no congado.

Paliçadas – cerca fortificada para defesa, constituída por um conjunto de estacas de madeira fincadas verticalmente no terreno, ligadas entre si, de modo a formarem uma estrutura firme.

Partidos – lotes delimitados, onde se planta um determinado tipo de cultura: milho, feijão, arroz etc.

Picadas – caminhos íngremes e tortuosos, abertos na mata fechada.

Quinquilharias – pentes, broches, colares de contas, miudezas em geral usadas pelo público feminino.

Quizumba – festa ou reunião festiva animada, barulhenta, frequentada por grande número de pessoas.

Santuário, **oratório** – nicho de madeira ou outro material utilizado para acomodar imagens de santos e outras entidades com a finalidade de culto.

Tacaniça – madeira que, nos telhados, liga a cumeeira a cada um dos quatro cantos formados pelas paredes principais.

Trabuco papo-amarelo – espécie de rifle com cabo de madeira e detalhes em metal amarelo.

Umbanda – religião formada no âmbito das relações dos negros escravos com o branco e o índio. Sincretiza elementos de outras religiões africanas com o catolicismo e o espiritismo. Sua orientação espiritual ou doutrinária é feita pelos Guias — espíritos diretamente ligados a um determinado orixá.

Umbigada – com base rítmica semelhante à do samba e do lundu, a dança é marcada pela malemolência, rebolados e outros gestos sensuais. Por esses aspectos, era considerada uma dança lasciva pelas elites do Brasil colonial/imperial. Era dançada em pátios de fazenda, tavernas, por vezes com a participação de pessoas de outras etnias.

Vassourinhas – comitiva formada por pessoas munidas de vassouras, presente em rituais da congada.

Vidrilhos – contas coloridas de vidro utilizadas para bordar tecidos.

Xapanã – espírito das trevas, invocado em cerimônia ritual utilizando tambores. Representado na umbanda como Obaluaiyê ou Omolu, é o orixá das doenças de pele, sincretizado com São Lázaro.

TEXTO COMPLEMENTAR

O Brasil que veio da África, a África que veio para o Brasil

Os que vêm para o Brasil são Ardas, Minas, Congos, de São Tomé, de Angola, de Cabo Verde e alguns de Moçambique, que vêm nas naus da Índia. Os Ardas e Minas são robustos. Os de Cabo Verde e São Tomé são mais fracos. Os de Angola, criados em Luanda, são mais capazes de aprender ofícios mecânicos que os das outras partes já nomeadas. Entre os Congos há também alguns bastantemente industriosos e bons, não somente para o serviço da cana, mas para as oficinas e para o meneio da casa.

André João Antonil, *Cultura e opulência do Brasil por suas drogas e minas*, 1711.

O tráfico negreiro

Dentre os povos africanos que vieram para o Brasil, os congos, povo do reino do Congo, tiveram presença significativa. Esse reino africano tinha área territorial bem maior do que a república do Congo, incluindo partes da atual Angola. Os habitantes do grande reino do Congo dominavam a metalurgia, criavam gado e eram também agricultores. Dentro das terras do "grande reino" havia reinos menores, semelhantes ao de Jubo, que é uma criação ficcionista.

Ainda no século XV, antes da invasão às terras do Brasil, os portugueses já haviam chegado às terras do Congo. As relações, amistosas no início, logo descambaram para o conflito com o advento do tráfico de escravos.

No início do século XVI, o rei congolês queixou-se ao rei de Portugal, com quem ainda mantinha relações diplomáticas, dos danos causados ao seu reino pelo tráfico de escravos, que provocava o despovoamento de regiões inteiras, incitando constantes guerras entre os seus súditos. Os traficantes de escravos sequer reconheciam os direitos dos nobres do Congo. Com frequência, membros da família real eram aprisionados, para ser vendidos como escravos. Estima-se que até o final do século XVIII, comerciantes europeus tenham levado centenas de milhares de escravos da região do Congo.

A escravidão na África

Apesar de pouco comentada, a escravidão era prática comum nos pequenos reinos da África. Enquanto na escravidão externa, os seres humanos eram mercadoria, a escravidão interna era aceita socialmente no âmbito das tribos, não consistindo em uma exploração exaustiva da força de trabalho, nem condicionada à privação completa da liberdade, como no primeiro caso.

É preciso observar que, levando-se em conta a imensa diversidade sociocultural do continente africano, não podemos analisar as situações de forma genérica. Essa nota se refere à escravidão em reinos tribais, de conformidade com a situação vivenciada no primeiro capítulo.

Segundo Claude Meillassoux, em *Antropologia da escravidão*, a escravidão interna africana está diretamente atrelada às relações de parentesco e não parentesco. Para explicar melhor, o autor se vale do conceito "comunidade doméstica".

A comunidade doméstica se baseava em dois elementos-chave: de um lado o **parente**, de outro, o **estranho**. Os parentes eram homens livres que nasceram e cresceram na comunidade, inseridos na sociedade tanto como produtores ou como reprodutores: *"as suas relações de filiação se estabelecem quando ocorre uma transferência do subproduto de um indivíduo para os mais velhos ou seus descendentes, ou seja: a produtividade determina o parentesco, pois é ela quem vai garantir a existência física e renovação das gerações* (Meillassoux, 1986: p. 19,20). Essa relação é determinante na comunidade doméstica e, em algumas regiões, quem não se enquadrar nela está sujeito a ser vendido como escravo. Já os **estranhos** à comunidade doméstica (como o personagem Zimba) são aqueles que se desenvolveram fora do meio social em que se encontram, sem laços sociais e econômicos com os homens livres.

A religião

Os africanos que vieram para o Brasil pertenciam a dois principais grupos culturais: **sudaneses** e **bantos**. Entre os sudaneses, predominava a religião nagô (iorubana), que se disseminou por todo o país, sobrevivendo graças ao sincretismo com as demais religiões africanas e com o catolicismo (religião dominante) e o espiritismo. Esta mistura de crenças e rituais é tão evidente que já não podemos falar em religiões "africanas" no Brasil, mas sim em religiões "afro-brasileiras".

As manifestações culturais

Uma das principais manifestações da cultura africana no Brasil, a congada, congado ou festa de coroação dos reis de Congo é uma herança do elemento africano. Mesclada aos rituais da igreja católica, como estratégia de sobrevivência cultural e de resistência, esse cortejo ainda preserva a tradição de coroar um rei congo, mantendo alguns rituais e costumes tribais do Congo e de Angola.

A coroação dos reis do Congo, ao se fundir com rituais católicos, criou uma das mais genuínas manifestações da cultura brasileira, influenciando outras tantas, como o maracatu, o reisado e o tambor de crioula.

OBRAS CONSULTADAS

Antropologia da escravidão – o ventre de ferro e dinheiro – Claude Meillassoux – Jorge Zahar Editor – São Paulo – SP.

Segredos internos – Stuart B. Schwartz – Companhia das Letras – São Paulo – SP.

O trato dos viventes – Luiz Felipe de Alencastro – Companhia das Letras – São Paulo – SP.

Os sons dos negros no Brasil: cantos, danças, folguedos, origens – José Ramos Tinhorão – Editora 34 – São Paulo – SP.

As Festas no Brasil Colonial – José Ramos Tinhorão – Editora 34 – São Paulo – SP.

Capitão mouro — Georges Bourdoukan – Casa Amarela – São Paulo – SP.

Quilombo do Campo Grande – A história de Minas roubada do povo – Tarcísio José Martins – Santa Clara Editora e Produção de Livros – Contagem – MG.

História oral e memória – a cultura popular revisitada – Antonio Torres Montenegro — Contexto – São Paulo – SP.